JN308632

絵本 かがやけ詩
いきる ことば

どっさりのぼく

小池昌代 編　　太田大八 画

花

工藤直子《くどうなおこ》

花が　ひらく　というのは
花が　死ぬ　ことでしょうか
いのちの終《お》わりが美しい――
一瞬《いっしゅん》　そう思うことがあります
花が　ひらくとき
花と向かいあって坐《すわ》ります
そして　いのちを思います

ぼく

秋《あき》原《はら》秀《ひで》夫《お》

ぼくの　かぞく
ぼくの　ともだち
ぼくの　がっこう

ぼくが　すんでいる　まち
ぼくが　すんでいる　くに
ぼくが　いきている　ちきゅう

ぼくが
だんだん　ちいさくなる

どうしてだろうと

まど・みちお

どうしてだろうと
おもうことがある

なんまん　なんおくねん
こんなに　すきとおる
ひのひかりの　なかに　いきてきて
こんなに　すきとおる
くうきを　すいつづけてきて
こんなに　すきとおる
みずを　のみつづけてきて

わたしたちは
そして　わたしたちの　することは
どうして
すきとおっては　こないのだろうと…

ピアノやめたい

糸井《いとい》重里《しげさと》

きょうこそ　いおう
きょうこそ　ママに　いおう
あのこと

いったら　しかられるかな
いったら　わらわれるかな
いつ　いおう
あさかな　ごごかな　よるかな
ほんとに　いえるかな

ちょっと　れんしゅうしてみる
ママ　あのね
わたし
ピアノ
やめたい

ママママママママあのねあのねあのね
わたしわたしわたしわたしピアノピアノ
ピアノピアノピアノ
やめたいやめたいやめたいやめたい

いえるかな　いえるかな

むちゅう

いっしょけんめい
あそんでいると
じぶんのなまえ
わすれてしまいそうや

稲井剛史

木はえらい

ロジャー・マッガウ
谷《たに》川《かわ》俊《しゅん》太《た》郎《ろう》・訳

木はえらい　ただ立って待ってるだけ
いじめられても泣かないし
腹《はら》へったとも言わないし　わめきもしない
木はほんの少しで満ち足りる

木はえらい　集まるのが好き
公園でみんないっしょに
おどったりゆれたり一日中そこにいる
まっくらになっても話し合ってる

木はえらい　運命をうけいれる
どしゃぶりの雨の中でも
カッパも着ない　背中はびしょぬれ
でも決してもんくを言ったりしない

だからね答えておくれ　こんな木ってあったかい？
いたずらっ子が木のぼりしなかった木
恋人《こいびと》たちがナイフで名前をほらなかった木
小鳥が巣を作らなかった木
ぼくらが葉っぱでかざらなかった木

つもった雪

金子《かねこ》みすゞ

上の雪
さむかろな。
つめたい月がさしていて。

下の雪
重かろな。
何百人ものせていて。

中の雪
さみしかろな。
空も地面《じべた》もみえないで。

パン

ジャンニ・ロダーリ

安《あん》藤《どう》美《み》紀《き》夫《お》・訳

もし、ぼくが、パン屋だったら
うんとでっかいパンをやく
世界じゅうの人たちが
食べて、食べて、食べあきて
それでも食べきれないような

太陽よりも、でかいパン
黄色く光って
すみれのような、いいにおい

そんなパンなら
インドでだって、チリでだって
みんなが食べたがるだろう
まずしい人も、子どもらも
年よりたちも　鳥たちも

いつか、そんな日がくるだろう
みんなのわすれない、そんな日が
おなかをすかしたもののない
世にも美しい、そんな日が

け

八木《やぎ》幹夫《みきお》

じっと
下を見る
あっ　なんだろう
この　毛
まっくろけの
毛
まっしろけの
肌《はだ》から

毛むくじゃらの
怪獣《かいじゅう》になってしまう
こわい
大人になるんだ

いる

谷《たに》川《かわ》俊《しゅん》太《た》郎《ろう》

ぼくはしてる
なにかをしてる
でもそれよりまえにぼくはいる
ここにいる

ねむっていてもぼくはいる
ぼんやりしててもぼくはいる
なにもしてなくたってぼくはいる　どこかに

きはたってるだけでなにもしてない
さかなはおよいでるだけでなにもしてない
こどもはあそんでるだけでなにもしてない
でもみんないきて「いる」

だれかがどこかにいるのっていいね
たとえとおくにはなれていても
いるんだ　いてくれてるんだ
とおもうだけでたのしくなる

こうしていよう

さくらももこ

ここにいてもいいって
いつだれに言われたのでもないのにね。
ここに　こうして　わたしはいるよ。

雨が降ってるのを見たり
空が青いのを見たり
キンモクセイの花を見たり
みんなと　しゃべったりしてるよ。
おいしいだとか　うれしいだとか
とんだり　はねたり
ブツブツ言ったりしてるよ。
ふしぎだね。
こうしていてもいいなんてね。
おもしろいね。
ラクだから　このまま
こうして　コロコロしていよう。

どっさりの　ぼく

小《こ》林《ばやし》純《じゅん》一《いち》

さんぱつに　いったら
おもしろかった。
ぼくが　どっさり
いたの。

ほら、
いすに　こしかけた　ぼくが、
ぼく。――
かがみの　なかの　ぼくも、
ぼく。――

それから、
ちょき　ちょき　ちょっきん、
おちていく　かみの　けも
ぼく。――

さんぱつ　おわって　ぼく、
ぼくに　さよなら　して　かえった。

遊び

岸田《きしだ》衿子《えりこ》

ゆきの日に　ゆきの中で
そりに乗ったときには
お日さまが出ていたのかどうか
お日さまがかくれていたのかどうか
兎《うさぎ》がとび出してきたかどうか
麓《ふもと》のほうまで道はのびていたか
道は先のほうでまがりくねっていたか
すべてはなぞに包まれている
山の上に　なにか
きらきら手をふるものがあった
それをたしかめるすべもなく

道が一本ありました

江《え》國《くに》香《か》織《おり》

夕暮れに
道が一本ありました
ほかにはなにも
ありません

ほかにはだれも
みえません
夕暮れに
道が一本ありました
しんとしたきもちで
私はそこに
白く　もちりとした二本の足で
ひとりで立っているのでした
暮れていく空と
目の前につづいている道を
ただ　じっと
にらんでいるのでした
歩く
ということを
ようやく　おもいつくまで

朝のパン

石垣《いしがき》りん

毎朝
太陽が地平線から顔を出すように
パンが
鉄板の上から顔を出します。
どちらにも
火が燃えています。
私のいのちの
燃える思いは
どこからせり上がってくるのでしょう。
いちにちのはじめにパンを
指先でちぎって口にはこぶ
大切な儀式《ぎしき》を
「日常《にちじょう》」と申します。
やがて
屋根という屋根の下から顔を出す

こんがりとあたたかいものは
にんげん
です。

青い炎《ほのお》のように

塔《とう》 和子《かずこ》

あの声は
去年の虫の子供だよ
そして
ずっとずっと太古《たいこ》からつづいているものの流れだよ
私達がいまこうしているのと同じに
幼虫
蛹《さなぎ》
そして
あんな美しい声の主《ぬし》になる
いま虫は
虫である証《あか》しに鳴いて産《う》んで
ただひたすらに虫であろうとするだけ
何代《なんだい》も何代も虫であった

何代も何代も虫である虫が
何も言わずにすごした時間をになって
いま青い炎のように鳴いている

H. Robert Morrison, George Peterson, Cynthia Ramsay, Tee L
seph A. Taney, George V. White, Merrill Windsor
Division: John M. Lavery (Chief
rvice: Ralph Gray (Chief and Editor of National Geographic Sc
Charles H. Sloan (Assistant Chief); Joseph B. Goodwin, Ellen
ne H. Oman, Patricia F. Robbins, Veronica Smith, Janis K.
ice: Windsor P. Booth (Chief); Paul Sampson (Assistant Ch
Frederick, William O'Neill, Robert C. Radcliffe
and Educational Films: Dennis B. Kane (Chief); Sidney Platt (S
cational Projects); David Cooper, Carl W. Harmon, Jr., Pa
p; Marjorie M. Moomey (Chief of Research)
oanne M. Hess (Chief); Robert G. Fleegal, Mary W. McKin
Wiley, Carl E. Ziebe
all: T. Keilor Bentley (Curator-Director)
OFFICE: W. Edward Roscher (Associate Secretary and Direc
seley (Assistant), Curzon Place, Mayfair, London, W1Y 8
G: Director: James L. Till. Manager of Agency Relatio
geon, 1251 Avenue of the Americas, New York, N.Y. 100
nagers—Eastern: George W. Kellner, New York. Midweste
lenn, Chicago. Pacific: Thomas Martz, San Francisco. Los
Wallace. Canada: Robert W. Horan, New York. Automoti
nt, New York. Travel: Gerald A. Van Splinter, New Yo
ector: Richard V. Macy, 21 rue Jean-Mermoz, Paris 8e, Fran
E. M. Pusey, Jr.
1974 NATIONAL GEOGRAPHIC SOCIETY, 17TH AND M STS. N.
D. C. 20036. ALL RIGHTS RESERVED. REPRODUCTION OF T
PART OF THE CONTENTS WITHOUT WRITTEN PERMISSION IS PR
EDIN U.S.A. SECOND-CLASS POSTAGE PAID AT WASHINGTON, D.
L MAILING OFFICES. COVER DESIGN AND TITLE PROTECTED
IGN TRADEMARK REGISTRATIONS. $10 A YEAR, $1.25 A COP

美しくあるく

八《や》木《ぎ》重《じゅう》吉《きち》

こどもが
せっせっ　せっせっ　とあるく
すこしきたならしくあるく
そのくせ
ときどきちらっとうつくしくなる

準《じゅん》備《び》

高《たか》階《しな》杞《き》一《いち》

待っているのではない
準備をしているのだ
飛び立っていくための

見ているのではない
測《はか》ろうとしているのだ
風の向きや速さを

初めての位置《いち》
初めての高さを
こどもたちよ
おそれてはいけない
この世のどんなものもみな
「初めて」から出発するのだから

落ちることにより
初めてほんとうの高さがわかる
うかぶことにより
初めて
雲の悲しみがわかる

小池昌代さんからの手紙

「花」

ひらく、というのは命の絶頂を表す言葉です。そして、死ぬ、というのは命の終わり。この詩では、その二つが祈《いの》りのように、重ねあわされています。厳密に言えば、花は開いた後、少したってから枯《か》れるのですが、わたしたちは、開いた花のなかに、すでに花の死を見てはいないでしょうか。

開いた花に向き合う作者。人の命と花の命が、一編の詩のなかで、つり合い、等しい重さで揺れています。

「ぼく」

生きるわく組みをどんどん広げると、「ぼく」がどんどん小さくなる。もしかしたら悩《なや》みも小さくなるのかな。こんなふうに、ものの見方を変えることで、世界はがらがら、変わっていきます。

詩を読んだあと、広大な宇宙のなかの「ぼく」を考えてみよう。それから、今ここにいる「ぼく」にもどってみよう。すると今度は「ぼく」のなかに、あの広大な宇宙が、広がっているように感じませんか？

「どうしてだろうと」

どうしてわたしたちのすることはすきとおってはこないのだろう。素朴《そぼく》な疑問に、はっとしました。そこに人間への深い絶望を見たように思ったからです。

まど・みちおは戦争を経験した世代の詩人です。こどもの心を原石のような言葉で表現した人ですが、多くの汚濁《おだく》をくぐりぬけ、透《とう》明《めい》な詩の数々を書いたのですね。人間への絶望と書きましたが、その絶望には、どこかで汚《よご》れた人間全体を、肯定《こうてい》し支えようとする思いも感じます。

「ピアノやめたい」

この詩を見つけたとき、やった！　と思いました。やめたいと思っているこどもを何人か知っていましたし、実はやめたかったんだと、後でぼやいているおとなにも、たくさん出会いましたから。続けるにしろ、やめるにしろ、決断というものには、勇気とエネルギーが必要です。ピアノばかりではありません。何かをやめようとして、それを言い出す前の心のふるえ。わたしにも、思い当たるものが、いっぱいあります。

「むちゅう」

この四行以上の解説を書いたら野暮《やぼ》ですね。こどものつぶやき。宝石のようです。忘我《ぼうが》の一瞬。さあ、こどもたちよ、暗くなるまで、たくさん、遊べ。

「木はえらい」

ほんとに木を見ると、ほれぼれします。生のもっとも崇高《すうこう》なかたちを、樹木というものは、象徴《しょうちょう》しているのではないかとさえ、思う。根をはって、ずっと同じ場所にだまって立つ。その素朴《そぼく》な姿に、心打たれるのは、なぜなのでしょう。この詩を読めば、その理由のいくつかが、わかるはずです。

「つもった雪」

書かれた雪よりも、雪をこのように見た、作者の視線に胸を打たれます。つまり、雪のなかを透視《とうし》している。見えないところにまで、気持ちを届かせた詩人の心が、読む者にじわりとしみてくるのです。ちょうど雪がとけるほどの温度で。

わたしは今、四十代です。「中の雪」のような気分で生きています。

「パン」

この詩を読んで、「パン」という、よく知る言葉が、いつもとは違《ちが》う色合いを持ってせまってきました。確かにパンは、パンという食材を示す言葉にすぎないのですが、詩のなかではそれ以上の威力《いりょく》を持っている。それは、今日も、生きようと思う人々の、合言葉であり、暗号なのです。

「け」

自分の身体《からだ》に、初めて毛がはえてきたときの恐怖《きょうふ》を、わたしはもう忘れてしまいましたけれど、この詩を読むと、それを今ここで経験します。思い出すというような優雅《ゆうが》なものでなく、じかに経験する。詩というものは、その意味で、とても激しいものです。

それにしても、ここに書かれた「こわい」という感情の、なんとみずみずしく新鮮なこと。自分でも、自分のなかの変化におののいている。おかしさのなかの一滴《てき》の恐怖は、通過した者だけが知る、思春期の「真実」です。

「いる」

いるってことは、行動ではない。存在です。あなたが、そこにいる。あそこにいる。ここにいる。ただ、いるという、そのことだけに感謝できたら、どんなにすばらしいことでしょう。

何かを相手に期待したり、相手の行為《こうい》に意味をさぐるのではなく、ただ、いることに、目を見張るのです。ここにいるぞ！　って、全身でうなってみてください。真夏の蜂《はち》のように！

「こうしていよう」

ラクという言葉、今のわたしたちには、罪悪感なしには使えないようなところがあります。ところが作者は、すっと書いている。並々ならぬ、脱力《だつりょく》の力です。

こどものころは、ぼーっと生きてました。この詩のように、ただ雨が降っているのを見たり、空や花を見たり。どんな雨だったか、空だったか、花だったか、すべて忘れてしまいましたが、見ていた、という時間の濃厚《のうこう》な肌触《はだざわ》りだけは、残っています。

そういうものが、そういうものだけが、今のわたしを作っていると感じます。

「どっさりのぼく」

散髪屋《さんぱつや》さんは、こどもにとってもおとなにとっても、非常に想像力をかきたてられる空間です。床《ゆか》に落ちている、自分だった髪の毛を見ると、いつも独特の感慨《かんがい》を覚えます。哀《かな》しいような、とり返しがつかないような。

そして散髪が終わって出てきたときの、太陽のまぶしさ、妙《みょう》な気はずかしさ。新しい自分に、まだ、なれていないのです。

「遊び」

こどもがそりに乗ってすべり落ちた一瞬《いっしゅん》。そのとき、世界は、どんな様子であったか。もう誰《だれ》も「再現」することはできません。遊びというものは、その一瞬を、すべて燃やしつくし、使いはたすのです。後には何も残りません。だからこそ深い喪失感《そうしつかん》があるのでしょう。遊びによって、わたしたちは、命をけずっているのだと思います。おそろしく、実に美しい作品です。

「道が一本ありました」

こんな道を、見たことがあります。こどものころに行った、山の道。あるいは夢のなかの道だったでしょうか。誰《だれ》かの描いた絵だったかもしれません。

最後の三行が生きていますね。まだ歩き出したわけでもないのに、道のほうが、いきなり、のびていく感触《かんしょく》がある。さあ、どうぞと、はげますように。じっと固まっていた詩の風景のなかに、一ヶ所、「動き」が生まれます。歩き出す。それは、痛みにも似た気高い瞬間《しゅんかん》です。

「朝のパン」

ここでもパンは、命の象徴《しょうちょう》、幸福な日常の象徴として書かれています。詩の最後のほうに、「屋根という屋根の下から顔を出す／こんがりとあたたかいものは／にんげん／です」という行があります。あたたかいという言葉にかくれていますが、「にんげん」と書いた、そのつきはなし方が、石垣《いしがき》りん独特の厳しさだと思います。日常生活の本質を、あたかもレントゲン写真で写すように、描《えが》いた詩人です。日常をいとおしみ、その壮絶《そうぜつ》さと、戦うように生きて死にました。

「青い炎《ほのお》のように」

塔和子《とうかずこ》は、ハンセン病を患《わずら》って後、詩を書き始めた詩人ですが、癒《い》えた後も、生きるということの真髄《しんずい》を、素手《すで》で、じかにつかみとったようなすばらしい詩を書き続けています。

青い炎のように、りんりんと鳴き続ける虫。この一編に耳をすませてください。わたしたちもまた、この命の流れに連動するものです。

「美しくあるく」

なんて正直なひとでしょうか、この作者は。「すこしきたならしくあるく／そのくせ／ときどきちらっとうつくしくなる」という三行がわたしは好きです。ああ、ほんと。道を歩くこどもたちを、思い浮《う》かべます。「すこしきたならしく」というところに、詩の美しさがあふれてきます。

「準備《じゅんび》」

一行、一行が、飛びこみ台から水面に落ちるように、わたしの胸に、水音をたてて落ちてきました。わたしは読みながら、自分にやってきたあらゆる「初めて」を思い出していました。そしてそのすべてに備《そな》わっていた恐怖《きょうふ》を。乗り越《こ》えてきたことが、少し信じられません。でも信じましょう。これからだって、その「初めて」は、やってくるのですから。

最後の連の美しさ。あまりに美しいので、あのおそれを忘れてしまいそうです。そして考えもなく、飛びこんでしまいそう。きっとそれでいいのでしょう。考えてみれば、わたしはそうでした。おそれはむしろ、何かをやった後に、やってきた。静かな勇気をもらった詩です。

編者・小池昌代（こいけ・まさよ）

東京都生まれ。詩人。
詩集に『もっとも官能的な部屋』（高見順賞・書肆山田）、短編集に『タタド』（題名作品で川端康成文学賞・新潮社）、
絵本の翻訳に『それいけしょうぼうしゃ』（講談社）『どうしたの』（あかね書房）などがある。

画家・太田大八（おおた・だいはち）

長崎県出身。絵本作家。
小学館絵画賞、講談社出版文化賞絵本賞、国際アンデルセン賞大賞次席など、数々の賞を受賞。
絵本に、『絵本西遊記』（サンケイ児童出版文化賞美術賞・童心社）『だいちゃんとうみ』（絵本にっぽん賞・福音館書店）
『あおい玉あかい玉しろい玉』（童話館出版）、挿絵に『鬼の橋』（福音館書店）などがある。

出典

花	工藤直子『てつがくのライオン』理論社
ぼく	秋原秀夫『ちいさなともだち』銀の鈴社
どうしてだろうと	まど・みちお『まど・みちお全詩集』理論社
ピアノやめたい	糸井重里『おめでとうのいちねんせい』小学館
むちゅう	『子どもの詩　1985〜1990』花神社
木はえらい	谷川俊太郎・川崎 洋／編訳『木はえらい ──イギリス子ども詩集』岩波書店
つもった雪	金子みすゞ『金子みすゞ童謡集　わたしと小鳥とすずと』JULA出版局
パン	『ジュニア版　世界の名詩３ 人生の詩集』岩崎書店
け	八木幹夫『八木幹夫詩集』思潮社
いる	谷川俊太郎『すき』理論社
こうしていよう	さくらももこ『まるむし帳』集英社
どっさりの　ぼく	小林純一『みつばちぶんぶん』国土社
遊び	岸田衿子『あかるい日の歌』青土社
道が一本ありました	江國香織『すみれの花の砂糖づけ』理論社
朝のパン	石垣りん『略歴』花神社
青い炎のように	塔 和子『記憶の川で』編集工房ノア
美しくあるく	八木重吉『八木重吉詩集』白凰社
準備	高階杞一『空への質問』大日本図書

※作品掲載のご許可をいただくために手をつくしましたが、お一人のかた（稲井剛史さん）とは残念ながらご連絡がとれませんでした。
お気づきのかたがございましたら、編集部あてにお知らせください。改めてご挨拶申しあげます。

Trees Are Great from PILLOW TALK by Roger McGough Copyright ©1990 by Roger McGough, Japanese language anthology rights arranged with Intercontinental Literary Agency, London through Tuttle-Mori Agency, Inc., Tokyo
"Il Pane" from FILASTROCCHE IN CIELO E IN TERRA by Gianni Rodari Copyright ©1960 by Gianni Rodari, Japanese language anthology rights arranged with Edizioni EL, San Dorligo della Valle, Provincia di Trieste, Italie through Tuttle-Mori Agency, Inc., Tokyo

絵本 かがやけ・詩　いきる ことば　どっさりの　ぼく

発　行　2007年11月　初　版
　　　　2019年11月　第３刷
編　者　小池昌代
画　家　太田大八
発行者　岡本光晴
発行所　株式会社 あかね書房
　　　　〒101-0065 東京都千代田区西神田3-2-1
　　　　電話　03-3263-0641（代）

デザイン　森 木の実
編集協力　苅田澄子
印刷所　株式会社 精興社
製本所　株式会社 難波製本

© AKANESHOBO　D.OOTA 2007 Printed in Japan
定価はカバーに表示してあります。
落丁本、乱丁本はおとりかえいたします。

NDC911　40P　25cm　ISBN978-4-251-09253-3

あかね書房ホームページ　http://www.akaneshobo.co.jp

絵本 かがやけ詩
いきる ことば

小池昌代 編